À Valéria.

Anne

À Lue et Nana.

Toto

les ébouriffés

Anne Cortey
Thomas Baas

Grasset-Jeunesse

D'une cabane à l'autre, ce livre a pris vie, illuminant la brume et la pluie.

 / Direction éditoriale : Valéria Vanguelov / Direction artistique : Alice Nussbaum / Fabrication : Anne-Cécile Herry / Photogravure : Colorway
Impression et reliure : Estella Graficas / Imprimé en Espagne / Dépôt légal : avril 2023 / N° d'édition : 22799 / ISBN : 978 2 246 81639 3 / Loi n° 49-956 du 16 juillet 1949 sur les publications destinées à la jeunesse.

Nuages flocons, nuages océan
soufflés par le vent,
chapeau sur le lac.

L'eau miroir,
au-dedans et au-dessus
la ménagerie s'emballe.

Le brame lointain d'un cerf soudain résonne
puis le silence comme la brume se déposent.
Le matin se dépouille peu à peu
de ses vêtements nocturnes.

Enfin d'un coup, c'est le grand réveil.
Les volets mi-clos de la cabane s'ouvrent
et les cheveux en bataille des dormeurs
goûtent le jour nouveau.

La tête et les bras levés vers l'océan,
les ébouriffés se tiennent debout
sur l'herbe encore humide.

Et maintenant ils veulent rejoindre les étranges animaux.

Ils font des bonds, sautent comme des cabris,
grimpent sur les branches d'un arbre
et essayent de toucher le ciel.

Une monture s'approche alors,
elle les frôle, ils s'installent sur sa croupe...
et c'est parti !

En haut, ça mugit, râle, hennit,
cancane, bêle et glougloute. Les échevelés
gloussent de joie, le lac ressemble maintenant
à une flaque d'eau et leur cabane
à un dé à coudre.

C'est le grand chambardement.
Et les échevelés, comme les autres,
galopent en traversant l'horizon.

Le soir, le lac miroir leur tend ses bras.
Fatigués par cette journée insensée,
ils retrouvent le rivage.

La cabane se referme
et à présent, la nuit accueille
les rêves des ébouriffés.